AF291910

SEPT HEURES CINQUANTE MINUTES

EN BALLON

SOUVENIR DU SIÉGE DE PARIS

PAR

ALFRED MARTIN

PARIS

Librairie internationale

A. LACROIX, VERBOECKHOVEN ET C⁰, ÉDITEURS

13, boulevart Montmartre et faubourg Montmartre, 13

MÊME MAISON A BRUXELLES, A LIVOURNE ET A LEIPZIG

—

1871

Tous droits de traduction et de reproduction réservés

PARIS. — IMPRIMERIE ÉMILE VOITELAIN ET Cᵉ

61, rue Jean Jacques Rousseau, 61

EN BALLON

I

Personne n'a oublié les services rendus par les ballons pendant le siége de Paris.

Avec quelle anxiété ils étaient attendus en province. N'apportaient-ils pas des nouvelles des valeureux assiégés que les Prussiens n'ont pu vaincre et qui ne se sont soumis qu'à la famine hâve! Avec quelle joie les Parisiens, de leur côté, les voyaient-ils s'élever dans les airs! Non-seulement ils emportaient vers les chères émigrées les lettres des époux, des pères, des frères, des fils restés au poste de combat, mais encore la nacelle hardie était chargée de conduire en province ces précieux messagers, qui nous revenaient souvent en nous apportant un peu d'espoir sous leurs ailes.

L'organisation du service aérien le plus actif pendant toute la durée du siége fut due à l'initiative hardie de MM. Dartois et Yon, dont les noms resteront indissolublement liés à l'histoire de la guerre néfaste de 1870. L'honorable M. Rampont, directeur général des Postes, ne cessa d'apprécier le dévouement de ces deux messieurs, qui étaient devenus aussi populaires à Paris qu'en province. Les événements graves qui se sont passés depuis la cessation du service des aérostats expliquent seuls l'oubli dans lequel on a laissé ces deux hommes de valeur et de résolution qui, pendant cinq mois, ont exposé nuit et jour, leur santé, leur vie, pour servir la patrie en danger.

Pour nous, quelqu'humble que soit notre hommage, nous nous faisons un devoir de rendre puplique notre reconnaissance pour MM. Dartois et Yon qui, après avoir fait notre éducation aérostatique, nous ont mis à même d'accomplir la mission périlleuse que nous avons été heureux et fier d'accepter.

Dès les premiers jours de l'organisation de la compagnie des aérostiers, je me présentai à MM. Dartois et Yon pour faire partie de ce corps d'élite. A cette époque-là tous les citoyens offraient leur concours au Gouvernement de la Défense nationale, et je ne fis que mon devoir bien simplement en entrant dans le corps des messagers aériens. Certaines aptitudes personnelles, quelques études préalables, me déterminèrent à choisir ce poste périlleux, et si j'écris aujourd'hui ce récit, c'est moins pour le plaisir de raconter ma course aventureuse que pour donner au lecteur une idée de ce qu'est un voyage en ballon, surtout lorsque les éléments se déchaînent et que l'homme n'a pour lutter contre eux que son sang-froid et sa résignation.

Je prie donc le lecteur de faire abstraction de ma personnalité pendant toute la durée de ce récit. Si je me mets en scène, c'est que, voulant donner sans forfanterie connue, sans immodestie, mes impressions intimes, je ne saurai déléguer ce rôle actif à aucun autre, pas même au courageux compagnon qui partagea toutes mes angoisses, toutes mes espérances, et aussi, je l'avoucrai sans honte, toutes mes craintes, toutes mes terreurs.

Le 30 novembre 1870, je m'apprêtais à m'endormir au bruit de la canonnade, lorsqu'un de mes collègues m'apporta l'ordre de me rendre immédiatement à la gare du Nord en costume de route.

J'étais chaudement dans mon lit, le feu pétillait dans ma cheminée, tout me sollicitait au repos, le sommeil avait déjà alourdi ma paupière.

Au dehors, il gelait à pierre fendre.

Depuis longtemps j'attendais mon tour de départ avec impatience. L'avouerai-je? Cet ordre, que j'avais maintes fois sollicité, me trouva sans enthousiasme. Il n'y avait pas chez moi la moindre appréhension ; mais j'étais si bien, et puis mon collègue Vibert grelottait si fort :

— Ce n'est pas au moins un faux départ? lui demandai-je.

— Vous n'avez que le temps de vous apprêter. En

vous pressant, vous arriverez juste à temps pour monter dans la nacelle ; le ballon est aux trois quarts gonflé.

— Allons ! fis-je en secouant ma paresse.

Je m'habillai rapidement. Mes vêtements de voyage étaient préparés d'avance ; j'endossai une chaude pelisse fourrée, je réunis mes instruments de route, une boussole, un baromètre, un appareil Rumkhoff pour m'éclairer, et, n'oubliaut pas un panier de provisions bondé de tous les comestibles que Paris pouvait avoir à cette époque, j'arrivai vers onze heures et quart à la gare du Nord.

La sphère du ballon se détachait vigoureusement sur le ciel clair et étoilé ; les lanternes qui éclairaient les manœuvriers jetaient leurs reflets rougeâtres sur la partie inférieure de l'aérostat. La nacelle gisait à quelque distance avec son cercle d'attache. Tout allait être prêt.

Un public nombreux assistait aux préparatifs du départ. Il y avait là M. Chassignat, l'actif sous-directeur des Postes ; M. Ballard, de l'Institut ; les hauts employés de l'administration du chemin de fer du Nord ; plusieurs représentants de la presse, parmi lesquels je reconnus MM. Bauër, Estor, du *Gaulois*, Florian Pharaon, du *Figaro*, A. Darjou, dessinateur de *l'Illustration*. Mon arrivée fut accueillie très-sympathiquement.

Dartois me serra cordialement les mains.

— Êtes-vous heureux, me dit-il, demain vous allez manger des côtelettes !

— A propos, lui dis-je, comment se nomme mon vaisseau aérien ?

— *Le Jules-Favre.* J'ai été pris à l'improviste, et je n'ai pas encore reçu le consentement de son parrain. Tenez, voici la lettre que nous lui avons adressée avec Yon à la réception de l'ordre de départ. Lisez-la.

Elle était ainsi conçue :

A M. le Ministre des affaires étrangères, vice-président de la Défense nationale.

Monsieur le Ministre,

Baptisant nos aérostats-postes des noms les plus illustres de notre époque, nous avions l'intention de vous demander l'autorisation d'en nommer un *le Jules-Favre.* Des ordres de départ précipité nous arrivant inopinément, nous avons cru devoir, sans votre consentement et sur le vif désir de notre aéronaute M. Alfred Martin, attacher votre nom à l'un de nos ballons en partance ce soir.

Veuillez agréer, etc.

Signé : DARTOIS, — YON.

Paris, ce 30 novembre 1870.

A cette lettre, M. Jules Favre répondit :

Je ne puis qu'être sensible au témoignage de sympathie patriotique que vous voulez bien me donner en plaçant votre ballon sous le nom d'un des plus anciens serviteurs de la démocratie. Je souhaite que ce nom lui porte bonheur, et que, grâce aux services que rendront les voyageurs intrépides qui le montent, la nouvelle des hauts faits d'armes de notre brave armée se répande dans le monde et le soulève en faveur de notre cause : celle du droit et de la liberté.

Signé : Jules Favre.

Pendant ce temps les apprêts se terminaient. *Le Jules-Favre* développait mjestueusement son globe, qui cubait environ 2,200 mètres. L'on accrocha la nacelle. MM. Dartois et Yon y firent placer 30 sacs de lest, pesant en moyenne de 28 à 30 kilos chaque. Le sac de dépêches fut solidement amarré. Ce nouveau fardeau, qui complétait l'action du lest, était d'au moins 110 kilos. Sur l'un des côtés de la nacelle on arrima solidement deux cages renfermant neuf pigeons. Ces préparatifs généraux achevés, je pris possession de mon réduit aérien ; j'accrochai mon baromètre, une longue vue à degré, mon appareil électrique à bobines Rumskhorff, une boussole, une corne d'appel. Je n'oubliai pas le panier à provision.

Quelques instants avant le départ, on me présenta un compagnon de route, M. du Caurroy, qui était chargé d'une mission du gouvernement pour la délégation de Tours.

MM. Dartois et Yon me prirent à part pour me donner les dernières instructions.

— Vous irez bien, me dit M. Dartois, le temps est beau, vous avez une force ascensionnelle de 1,400 mètres. Elle est suffisante par la nuit sombre qu'il fait ; au jour, si vous n'avez pas passé les lignes prussiennes, vous pourrez vous alléger pour vous mettre hors de portée.

— Quelle vitesse croyez-vous que me donnera le vent ?

— Petite ; de 4 à 5 lieues à l'heure, me répondit M. Yon, je vous recommande de la façon la plus formelle de ne pas atterrir avant demain entre quatre et cinq heures de l'après-midi.

Malgré son expérience incontestable, M. Yon se trompait complétement, comme vont le prouver bientôt les péripéties de mon voyage.

J'allais m'embarquer lorsque M. Dartois me remit un large paquet. Il contenait les dépêches du gouvernement et le récit de la bataille de Champigny.

— Martin, me dit-il, voilà ce que vous avez de plus précieux ; quoi qu'il arrive, sauvez ce paquet au péril de votre vie s'il le faut.

— Soyez tranquille, répondis-je ; et machinalement je tâtais la crosse de mon revolver qui émergeait de la poche de mon pardessus.

— Allez, partez, bon voyage, et à la grâce de Dieu, me dit Dartois en m'embrassant.

M. du Caurroy et moi prîmes place dans la nacelle.

Je fis mes adieux à mon beau-frère Travers et je

lui remis une lettre scellée : c'étaient mes dernières volontés et mon suprême adieu à ma femme et à mes enfants. N'allais-je pas courir mille dangers de mort? Ce ballon qui devait me rapprocher de tout ce que j'aime sur terre, me conduirait-il sain et sauf sur une terre hospitalière? J'étais très-ému lorsque j'enjambai la frêle paroi d'osier de la nacelle. Mon cœur se serra et les larmes me vinrent aux yeux lorsque je vis mon compagnon de route s'arracher avec peine aux embrassements de sa femme et de ses enfants.

Je songeais aux miens! Les reverrai-je?

Malgré l'heure avancée de la nuit et l'interdiction de l'entrée de la gare du Nord au public, la foule qui assistait au départ du ballon était nombreuse; elle était riante, presque joyeuse. C'est que l'on croyait encore que la journée de Champigny n'était pas seulement une journée honorable pour nos armes, mais qu'elle était la première étape vers la délivrance. Depuis le matin le canon tonnait sur tout le périmètre Nord et Est de Paris. Toute la journée le canon avait grondé à Champigny sur les bords de la Marne, tous les forts éclataient, les redoutes de Saint-Ouën, de la Double-Couronne étaient en feu, et Saint-Denis avait écrasé Épinay, occupé par les Prussiens.

— Cela va bien, très-bien! disaient les estafettes qui traversaient Paris,

Le peuple était donc joyeux et bruyant dans sa joie.

C'est sous l'impression de ces bruits de victoire que j'effectuai mon départ. J'allais donc porter la bonne nouvelle à nos frères de province !

J'étais heureux et fier de ma mission.

A minuit moins cinq minutes, toutes les manœuvres étant terminées, Dartois prononça le fameux : *lâchez tout !*

L'air était pur, le vent modéré. *Le Jules-Favre* monta presque perpendiculairement à une hauteur de 1,500 mètres.

Notre départ fut salué par les cris de : *Vive la France !* et de : *Vive le Jules-Favre !*

Les lumières de la gare du Nord avaient déjà disparu à nos yeux que les vivats de la foule nous arrivaient encore parfaitement clairs et distincts.

Emportés dans les airs, entendus de Dieu seul, nous répétions :

VIVE LA FRANCE !!!

II

Au moment de mon départ, le vent, ou, pour être plus exact, le courant atmosphérique, était Nord-Nord-Est. En calculant sur sa constance, je devais marcher dans la direction d'Orléans ou de Tours. Je comptais faire ce que l'on appelait un voyage direct.

Malgré la rareté de l'éclairage au gaz à cette époque et l'heure avancée de la nuit, j'aperçus longtemps l'emplacement de Paris à la phosphorescence
brumeuse qui enveloppait son périmètre.

Au delà tout était sombre.

Je cherchais vainement une lumière dans la direction où je supposais que les forces prussiennes étaient
réunies. Partout le silence et l'obscurité ; une seule
chose tranchait les ténèbres terrestres : une ligne
blanche tourmentée se perdait de temps à autre
pour reparaître lumineuse : c'étaient les méandres
de la Seine.

Je faisais toutes ces remarques tout en manœu-
vrant pour atteindre la hauteur voulue pour effectuer mon voyage en dehors des atteintes terrestres.
M. du Caurroy était assis dans la nacelle, tandis que,
monté sur le bord et penché sur le cercle, j'opérais
mes manœuvres. Pendant ce court espace de temps,
j'avais confié à mon compagnon de voyage mon appareil électrique, l'instrument qui m'était le plus
utile par cette nuit obscure. Ce fut une mauvaise
inspiration que j'eus. Comme si tout devait être fatal
dans ce voyage, M. du Caurroy laissa choir l'instrument, qui se détraqua. C'est en vain que je cherchai
à le reconstruire à tâtons, je ne pus jamais parvenir
à remettre en état les fils conducteurs de ma pile aux
bobines. Le sort en était jeté ! j'étais condamné à
l'obscurité jusqu'à l'aube.

J'étais vivement contrarié; il m'était impossible d'apprécier la hauteur à laquelle je me trouvais et la direction que je suivais. Je restai confiné dans ma mauvaise humeur, lorsque tout d'un coup je vis émerger derrière un pli de terrain le disque brillant de la lune : sa lumière m'arrivait de bas en haut. C'était la première fois que je voyais un pareil effet. Dominer la lune, cela me parut étrange.

Je saluai l'astre des nuits !

Je m'apprêtais à user de sa bienveillante apparition pour faire des observations atmosphériques, lorsque mon attention fut vivement détournée par le bruissement de trois fusées qui vinrent s'éteindre à plusieurs mètres au-dessous de la nacelle; en même temps j'apercevais au-dessous de moi des myriades d'étincelles auxquelles succédèrent bientôt des détonations qui se répercutaient bruyamment. C'étaient messieurs les Prussiens qui me saluaient au passage.

Je regardai mon baromètre et je constatai d'une façon précise que j'étais à une hauteur de 1,400 mètres.

Les Prussiens tiraient toujours.

L'avouerai-je ? Je fus pris d'une idée de gaminerie parisienne : je leur fis ce geste familier aux gavroches de barrières, qui consiste, comme on sait, à faire deux pans de nez. Je jouissais du tumulte que mon passage causait; au-dessous de moi je voyais

grouiller des masses noires qui tout à coup s'éclairaient par un feu de mousqueterie.

L'accomplissement de mes devoirs me ramena à
la prudence ; je m'apprêtais à jeter un demi-sac de
lest pour m'éloigner de ces chasseurs nocturnes,
lorsque la lune, honteuse peut-être du rôle prusso-
phile qu'elle venait de jouer, se cacha derrière un
nuage et me déroba à la vue de nos ennemis. J'avais
constaté, pendant la courte apparition de la lune,
que le courant Nord-Nord-Est s'était maintenu ; mais
je ne pouvais apprécier, au milieu de l'obscurité dans
laquelle j'étais de nouveau plongé, quelle était la vitesse de ma marche. La force du vent est inappré-
ciable en ballon, l'aérostat n'offrant qu'une résistance
nominale et marchant avec lui.

Le temps était magnifique : au-dessus de nous
s'étendait le firmament constellé de myriades d'é-
toiles scintillantes, tandis que notre nacelle glissait
sur une mer vaporeuse, blanche comme le lait, avec
des reflets d'argent ; les nuages mouvants au-dessus
desquels nous nous trouvions étaient d'un effet féeri-
que. Une plume de poëte même serait impuissante à
décrire un spectacle aussi merveilleux et à exprimer
les sensations que nous éprouvions, nous autres
simples mortels. Les rêves les plus fantastiques ne
se rapprochent pas de cette réalité : c'est ainsi qu'au
temps de l'Olympe les dieux devaient flâner dans les
cieux. Mon compagnon et moi nous étions en pleine
extase. Une douce fraîcheur montait du lac vaporeux

que nous dominions, tandis que le rayonnement du ciel nous entourait d'une atmosphère assez tiède pour nous forcer à retirer nos pelisses fourrées.

— Qu'on est bien ! me dit M. du Caurroy.

— Quel spectacle ! répondis-je. Moi qui m'extasiais devant les nuages de la Porte-Saint-Martin ! Je n'ai jamais rien vu d'aussi splendide. J'ai escaladé les Alpes et le Mont-Blanc ; quels joujoux d'enfants à côté de ceci !

— Le fait est que le bon Dieu est un machiniste de génie. — Si nous soupions ? ajouta mon compagnon.

— Soupons ! fis-je. Cet air pur est un rude apéritif.

La table fut vite mise sur nos genoux.

Notre repas fut gai, et c'est avec un certain orgueil que nous envoyions par dessus le bord les os du poulet que nous déchiquetions.

— Si ce tibia de volaille tombe sur le nez d'un Prussien, il sera convaincu que Paris n'en est pas encore à la famine ! dis-je.

La conversation allait gaiement ainsi et notre panier se vidait.

Tout à coup l'horizon pâlit ; une frange rose vint ourler les nuages qui nous entouraient ; la température s'abaissa soudainement et nous nous hâtâmes d'endosser nos fourrures.

Petit à petit les nuages qui nous cachaient la terre se désagrégèrent, et, à travers leur transparence, j'aperçus une brume grisâtre qui me semblait courir sur le sol. Je cherchais à me reconnaître : j'apercevais par les interstices des nuages et du brouillard des flaques d'eau; je crus que j'étais sur la Seine et que je n'avais pas quitté les environs de Paris.

Mon ballon me semblait être immobile, et je me demandais, non sans inquiétude, si je n'avais pas plané toute la nuit au-dessus de la capitale de la France.

Le soleil heureusement vint faire cesser toutes mes incertudes; sous son action, le gaz se dilata et je montai rapidement à 2,700 mètres : je suivais pour ainsi dire mon ascension sur l'aiguille de mon manomètre. Je consultai en même temps ma boussole que j'avais fixée sur une carte; elle marquait une direction en plein Ouest; je jetai quelques feuilles de papier pour juger de la vitesse de l'aérostat, et je vis à ma grande surprise que je filais un train d'enfer.

Malgré ces observations combinées, je continuais à être persuadé que j'étais toujours dans la direction de la veille.

Au-dessous de moi j'apercevais une grande étendue d'eau; c'était peut-être un marais de la Sologne, peut-être la Loire débordée. La terre que je laissai derrière moi me faisait l'effet d'un immense marécage sillonné de petits cours d'eaux et de lacs.

Où étais-je?

Çà et là, des maisons isolées ou groupées m'apparaissent, un moulin fixe mon attention : ses ailes tournent rapidement et m'indiquent que le vent est fort sur terre; puis, j'aperçois un pont jeté sur une rivière.

Où étais-je?

Je ne voyais que par intermittence le plan en relief qui se déroulait sous nos yeux; un épais brouillard me masquait toute la surface vers laquelle je me dirigeai, des petits nuages en quantité considérable s'enchevêtraient devant moi avec une mobilité extrême, et formaient entre la terre et la nacelle un rideau mouvant de l'effet le plus fantastique : ces masses vaporeuses couraient avec une vitesse telle que je crus un instant que je marchais en sens inverse de la direction qu'ils suivaient.

Hélas! il n'en était rien. La Loire était loin, et ce que j'avais pris pour un fleuve débordé n'était autre chose que l'embouchure de la Vilaine. Je le sus plus tard.

J'étais sur les bords de l'Océan !

Je n'en étais pas encore bien certain. Ne pouvant pas croire qu'en quelques heures j'avais parcouru une aussi grande distance, le brouillard aidant, je croyais être le jouet d'un mirage : au lever du soleil j'avais aperçu un instant la réflexion de mon ballon sur les nuages comme un compagnon aérien qui voyageait de conserve avec moi. Ce phénomène m'avait mis en éveil contre toute surprise. De la terre, un bruit de roulement semblable à la marche d'un che-

min de fer montait très-distinctement jusqu'à moi.
Je croyais à la terre.

Hélas! je la quittai!

Le doute ne me fut bientôt plus permis. Le temps
s'éclaircit tout à fait, et j'aperçus devant moi l'immensité au moment où je passais entre deux îles que
je sus être plus tard les îles de Houat et d'Hoédie.
Je braquai ma longue vue, et je distinguai un fort,
des fossés, des ouvrages avancés. Aucun pavillon
ne flottait sur le fort.

Étais-je en pays ennemi?

Je n'osais me décider à descendre.

Cependant l'Océan sans bornes s'ouvrait devant
moi, et mon ballon s'engageait hardiment sur l'immensité. Mon compagnon ne chantait plus; un fris-
son parcourut tout mon corps.

Je vis toute l'horreur de ma position; le désespoir
entra dans mon âme : un miracle seul pouvait me
sauver! Je ne perdis pas cependant mon sang-froid,
le trouble qui m'agitait fut de courte durée.

Tous ceux qui ont couru un danger de mort réel
comprendront les violentes émotions par lesquelles je
passai dans la minute où je reconnus ma situation
désespérée. Je crus ma dernière heure arrivée. Loin
de me laisser abattre, je me raidis contre le désespoir.

N'avais-je pas un devoir à accomplir? Ma mort
était certaine, il est vrai, mais les dépêches que je
portais intéressaient la vie de plusieurs millions

d'hommes! Je savais qu'il me fallait mourir, mais mes chères dépêches ne devaient pas disparaître avec moi. Il fallait tomber sur un point quelconque, sur une île, près d'une rade où l'on pût ramasser en même temps mon cadavre et les messages du gouvernement. Mon parti résolûment pris, je ne songeai plus qu'à diriger ma chute à portée d'êtres humains.

.Mon compagnon approuva ma résolution.

Il .pensait à ses enfants comme je pensais aux miens.

Nous étions bien malheureux tous deux; seulement, pour ne pas affaiblir nos courages, nous ne nous communiquâmes ni l'un ni l'autre nos douleurs.

A partir de ce moment-là, toute mon attention se porta sur l'Océan : je voyais les longues lames écumeuses se dérouler sous nos pieds, les îles que j'avais passé fuyaient rapidement derrière nous. Pas une voile n'apparaissait à l'horizon. Rien, rien, que le ciel tumultueux que je traversai à toute vitesse et l'Océan.

Soudain, j'aperçus un point sombre long et étroit dont les bords étaient frangés par les flots blanchâtres de la mer qui venaient se briser furieux contre les rochers.

C'était Belle-Isle.

Le vent terrible me conduisait droit sur elle.

J'avais ouvert ma soupape, et je m'apprêtai à manœuvrer le mieux possible pour effectuer ma descente lorqu'un courant nouveau me fit dévier de la ligne que je suivais. Une nouvelle rafale, et tout était perdu : je reprenais la haute mer !

Le moment était terrible.

Il fallait en finir.

J'ouvris mon couteau pour éventrer l'aérostat et... mon compagnon de route, s'il eût voulu s'opposer à ma manœuvre désespérée. J'étais résolu à tout. Si, au lieu d'avoir affaire à un cœur ferme comme celui de M. du Caurroy, j'avais eu devant moi un compagnon affolé par la terreur, il est certain que j'eus été sans pitié.

Il s'agissait bien de notre vie en ce moment-là ! Je me voyais responsable de la perte de nos dépêches ; c'était pour moi la suprême préoccupation.

Mon ballon avait dévié sur la gauche de l'île, mais en hâtant sa chute, je pouvais tomber à 100 mètres du rivage, c'est-à-dire assez près pour être secouru et sauvé peut-être.

J'ordonnai à M. du Caurroy de se pendre à la corde de la soupape, et lui remettant la corne d'appel, je lui recommandai de sonner à tue-tête. Puis je coupai l'amarre qui retenait la corde de mon guide-ropp, je jetai l'ancre, puis je montai sur le cercle armé de mon couteau.

A l'aide du filet je me hissai comme je pus dans les plis du ballon et je l'ouvris. A ce moment je crus être asphyxié : une rafale de vent fit affluer le gaz sur moi, je me cramponnai au cordage comme je pus, et puis, redescendant sur le cercle malgré mon étourdissement, j'ordonnai à mon compagnon de se retenir comme moi au cercle, afin d'éviter le choc terrible que nous devions ressentir soit en tombant sur un rocher, soit en tombant même sur l'eau.

Nous étions à 2,300 mètres!

Notre chute était horrible!

Nous descendions avec la rapidité et la multiplication de vitesse d'un aérolithe lancé dans l'espace. J'avais perdu la respiration, M. du Caurroy la vue?

J'adressai à Dieu une courte et fervente prière et j'envoyai une dernière pensée à ma femme et à mes enfants.

Cette terrible dégringolade dura environ deux minutes. Une éternité!

III

Dieu avait écouté ma prière!

La nacelle, chargée encore de vingt-cinq sacs de lest, descendait avec une vitesse vertigineuse. Nous tombions en plein Océan, au milieu des flots déchaînés, à plus de 500 mètres de la côte.

Je fermai les yeux, tout allait être fini!

Soudain, à 30 mètres à peine de la surface du globe, notre aérostat déchiqueté rencontre la tempête, qui s'engouffre dans les plis flottants du ballon formant voiles et nous ramène en pleine terre.

Nous étions sauvés.

La nacelle s'enfonce, en tombant, de 30 centimètres dans le sol. Le choc est terrible. Notre frêle réduit se brise en éclats; les cordes qui retenaient autour de la nacelle les sacs de dépêches, nos bagages et les deux cages de pigeons, se rompent.

Nous étions restés cramponnés au cercle et nous n'avions ressenti que le contre-coup, violent, il est vrai, mais non désastreux, de la chute de la nacelle.

Ici ma plume est inhabile à raconter ce qui se passa. L'ouragan soufflait avec rage; sous son action impétueuse, l'étoffe flottante de l'aérostat remonta vers la soupape et forma un immense dôme dans lequel le vent s'engouffra et nous enleva de nouveau. Alors commença une course folle.

Le ballon, couché comme un parapluie qu'emporte le vent, commença sa course vertigineuse en faisant des bonds prodigieux. Les branches de l'ancre qui traînait, se brisèrent, en emportant le toit d'une maison. Nous parcourûmes ainsi plus de 1,500 mètres en quelques secondes. La nacelle en lambeaux, au-dessus de laquelle nous étions suspendus, heurtait violemment les toitures et les cheminées des habitations de l'île. Tout à coup un choc terrible arrêta notre course : le cercle avait rencontré un mur.

Quelqu'impossible que cela puisse paraître, ce fut

ma poitrine qui le renversa sur une largeur de plus de 2 mètres. Je crus être coupé en deux.

Cet obstacle arrêta l'élan de notre étoffe, qui alla choir frémissante à dix pas de là.

J'étais tombé la face contre terre.

Je ressentai une douleur épouvantable au cœur, cependant je ne perdis pas connaissance. Lorsque je voulus soulever la tête, je m'aperçus que le côté droit n'obéissait plus à ma volonté : j'avais une épaule démise et trois côtes défoncées ; ma jambe droite était dépouillée ; chose bizarre, j'avais perdu, dans ma chute, la jambe de mon pantalon et une botte. La botte fut retrouvée plus tard ; quant au pantalon, il n'en resta pas vestige.

Cependant je fis un effort sur moi-même et je me soulevai. A dix pas de moi gisait mon compagnon : il était couché sur le dos, immobile, ne donnant aucun signe de vie, sa figure déchirée était couverte de sang. Au milieu des plus vives douleurs, je rampai jusqu'à lui. Je lui parlai, j'essuyai tant bien que mal le sang qui coulait de ses blessures. Je lui relevai la tête ; il avait la bouche ouverte, pleine de caillots. Je le crus mort.

Alors il se passa en moi un phénomène étrange : mes nerfs se détendirent, les sanglots m'arrivèrent à la gorge ; cet homme, que je connaissais à peine depuis quelques heures, je l'appelai avec des cris du cœur, je priai Dieu de le rappeler à la vie, je songeais à ses enfants, j'embrassais ce visage couvert de sang,

De mon bras gauche je lui tenais la tête surélevée;
tout à coup il ent'rouvrit les yeux et me regarda d'un
œil éteint. Je le questionnai, il porta sa main au
cœur. Il vivait.

Je ne saurais exprimer quelle fut ma joie! Je le
croyais mort.

Nous étions là étendus l'un près de l'autre, souf-
frant tous deux, lorsqu'arrivèrent quelques habitants de Loc-Maria, tel était le nom du village
que nous avions dévasté au passage.

Ces braves gens s'empressèrent autour de nous et
nous transportèrent dans la maison la plus prochaine.
Malgré mes souffrances, je ne consentis à mon trans-
port qu'après avoir fait recueillir les valises de la
poste; quant aux dépêches du gouvernement, elles
étaient tombées avec moi, et si j'eus l'épaule démise
dans ma chute, je le dois à l'entêtement que je mis
à ne pas vouloir me séparer de ce précieux fardeau.
Il est certain que si j'avais eu le bras droit aussi
libre que le bras gauche, j'aurais pu mieux me sus-
pendre et amortir la violence du choc. Je ne re-
grette même pas aujourd'hui cet excès de précaution,
malgré les douleurs que je ressens encore.

L'on nous installa, tant bien que mal, dans une
maisonnette où demeurait une pauvre vieille femme.
Aussitôt notre entrée chez elle, sa demeure fut en-
vahie. Chacun s'empressait autour de nous, nous ne
savions à qui répondre; pendant ce temps, notre hô-
tesse avait retrouvé son activité de quinze ans

pour allumer un grand feu et accrocher à la cré-
maillère de la haute cheminée bretonne un large
chaudron dans lequel elle prépara un vin chaud
digne de Gargantua. Bon gré, mal gré, nous fûmes
obligés de subir toutes ces prévenances.

Ah ! qu'un bon lit eût bien mieux fait notre affaire !

J'avisai, parmi les braves gens qui nous entouraient, un vieillard à la physionomie ouverte et
bienveillante.

— Mon ami, lui dis-je, le plus grand service que
l'on pourrait nous rendre en ce moment, serait
d'aller nous chercher un médecin.

— J'y vas de suite, fit-il en relevant son bâton.

Je lui tendis la main pour le remercier et lui glis-
ser en même temps une pièce de monnaie.

Si je relate ce petit incident en passant, c'est qu'il
explique une lettre que m'écrivit ce brave homme et
que je cite plus loin : elle exprime, mieux que je ne
saurais le dire, les sentiments qui animaient cette
brave et généreuse population de Belle-Isle.

Tandis que le paysan breton se dirigeait en hâte
vers Palais, chef-lieu de l'île, toute la population de
Loc-Maria s'était réunie autour de la maisonnette
qui nous abritait. Déjà le curé et le vicaire étaient
auprès de nous et nous prodiguaient les premiers
soins qu'exigeait notre état. Chacun nous interro-
geait et était envieux de recevoir nos réponses;
malgré notre faiblesse, nous racontâmes les derniers
événements qui venaient de jeter une lueur d'espoir,

hélas ! passagère sur les malheurs qui frappaient la patrie. Cette brave et généreuse petite population bretonne frémissait en écoutant nos récits. A chaque nouvel arrivant, nous étions obligés de le reprendre. L'arrivée du père Martin, — tel est le nom du paysan qui était allé nous quérir du secours, comme il disait,—mit heureusement fin à cette conférence improvisée. Il revenait amenant avec lui un docteur et M. Armand Trochu, frère du gouverneur de Paris.

Après avoir examiné nos blessures et nos contusions, ces deux messieurs nous enveloppèrent dans de chaudes couvertures et nous placèrent dans une voiture très-bien suspendue qu'ils avaient eu l'attention d'amener avec eux. Nous prîmes la route de Palais au milieu des *vivats* enthousiastes de la population de Loc-Maria. Certes, ces braves paysans, ces laborieux pêcheurs, n'avaient pas à se louer de notre descente dans l'île : notre ballon, emporté par l'ouragan, avait dévasté, dans sa course furieuse, une partie du petit village ; des toits avaient été enlevés par notre ancre traînante, des jardins avaient été dévastés !

Notre entrée à Palais fut un triomphe ; tous les habitants s'étaient portés à notre rencontre et nous acclamaient au passage. Chacun nous offrait ses services, sa maison, ses lits, avec un empressement contre lequel nous dûmes nous défendre. Ce n'est qu'à grand'peine que nous obtenons de nous faire conduire à l'hôtel de France. Là encore nous fûmes entourés des soins les plus affectueux. M. Armand Trochu ne me quitta pas un seul instant. Cependant, malgré l'accueil plus que bienveillant que je recevais, je n'oubliai pas que ma mission n'était qu'à moltié remplie. Malgré mes souffrances, je voulus me remettre en route. Ce fut en vain que M. A. Trochu voulut me retenir, et, après quelques heures de repos, j'étais prêt au départ.

La mer était toujours furieuse.

L'aviso à vapeur *le Chamois*, que le gouvernement de Tours avait mis à ma disposition, tenait la mer en vue de la côte.

Sur mon insistance, M. Trochu me conduisit dans sa voiture jusqu'au pied de la falaise, et là quatre vigoureux matelots me portèrent à bras de roche en roche dans la yole que le capitaine de frégate Bouyer m'avait envoyée. M. Trochu voulut m'accompagner : j'étais tellement endolori que j'acceptai ce nouveau sacrifice de cet homme excellent. A mon arrivée à bord, le brave commandant m'installa dans sa chambre, et tandis qu'il présidait au départ, il me fit servir un plantureux déjeuner dont j'avais d'ailleurs grand besoin.

Ce fut à bord du *Chamois* que je mangeai cette fameuse côtelette que m'avait souhaité M. Dartois au départ.

Mon compagnon M. du Caurroy, plus éprouvé que moi, était resté à Belle-Isle.

Avant de quitter l'île, j'avais laissé tous les engins de mon aérostat lacéré à **M.** Armand Trochu, qui conserve ces épaves en souvenir de mon sauvetage miraculeux. Je désirai, de mon côté, conserver un souvenir de ma rencontre avec le frère du général. Encore ému des événements qui venaient de se passer, il écrivit sur mon carnet ces quelques lignes que je conserve précieusement :

« La plus grande émotion que j'aie ressentie de ma vie
« est le moment où j'ai aperçu ces deux vaillants aéro-
« nautes, M. Martin et M. du Caurroy, qui, couverts de sang
« et de contusions, venaient de descendre sur notre île au
« milieu des périls les plus grands. L'imagination se re-
« fuse à l'idée de ce voyage aérien sur l'immensité de
« l'Océan.

« Honneur à vous, messieurs! La Providence vous a
« conduits dans la patrie de celui qui cherche à sauver son
« pays, et tous ses compatriotes conserveront vos noms
« comme l'exemple le plus parfait du courage et du de-
« voir.

« Signé : ARMAND TROCHU.

« Belle-Isle-en-Mer, ce 2 décembre 1870. »

Après une traversée fatigante, — la mer était toujours furieuse, — nous entrâmes en rivière, et bientôt nous débarquâmes à Lorient. Mon arrivée avait été signalée et j'étais attendu par le sous-préfet, qui vint se mettre à ma disposition avec un empressement et une gracieuseté dont je garde précieusement le souvenir. Je résistai à ses instances lorsqu'il voulut que je prisse quelque repos dans son hôtel. Malgré mes fatigues, je n'avais qu'une seule préoccupation : accomplir ma mission jusqu'au bout et remettre moi-même les dépêches qui m'avaient été confiées. Entouré de toutes les prévenances, je ne restai à Lorient que le temps nécessaire pour que l'on préparât un train spécial dans lequel je m'embarquai avec mes dépêches et mes pigeons.

M. Armand Trochu monta en wagon avec moi et ne me quitta qu'à Redon, lorsqu'il fut bien assuré que mes forces ne trahiraient pas ma volonté et me permettaient d'accomplir ma mission.

Mon voyage se termina à Tours.

Dans le courant de ce récit, j'ai parlé d'un brave vieillard, mon homonyme, M. Martin. Voici la lettre qu'il m'adressa ; elle terminera dignement ce compte rendu de mon voyage et donnera une idée des sentiments qui animaient cette brave population au milieu de laquelle Dieu m'envoya par la route la plus directe :

« Monsieur,

« Permettez-moi de vous adresser ces quelques mots
« pour vous dire combien, à la nouvelle de votre des-
« cente dans cette île, je me suis senti heureux d'avoir été
« le premier à recevoir l'ordre de M. le maire de Palais de
« courir à la recherche du docteur, afin que l'on puisse
« vous porter secours le plus tôt possible.

« Aussitôt ma commission remplie, j'ai retrouvé mes
« jambes de quinze ans pour tâcher d'être le premier à
« vous annoncer son arrivée, j'ai encore eu ce bonheur;
« mais pourquoi avez-vous jeté cette douche froide sur le
« peu que je venais de faire? Vous avez voulu payer
« comme une corvée ce qui n'était qu'un devoir que l'on
« doit se trouver heureux de remplir. Je suis encore à me
« demander comment j'ai accepté. Je sais bien que je
« voulais quelque chose, une relique, un souvenir de
« votre arrivée miraculeuse sur ce rocher, qui, j'en suis
« maintenant très-sûr, n'a été jeté par la main de Dieu
« dans l'immensité que pour sauver la vie à deux cœurs
« si extraordinairement sublimes de courage et de dé-
« vouement. Maintenant, puisque j'ai accepté ce témoi-
« gnage de votre générosité, je me crois libre d'en dispo-
« ser, et comme je ne veux pas que vous emportiez la
« pensée qu'un Breton soit capable de recevoir un salaire
« dans ce moment, où nous sommes tous prêts à tout sa-
« crifier pour la patrie, je veux seulement vous informer
« de la destination de ce qui était pour moi un bon sou-
« venir.

« Plutôt rester sans pain que d'en faire une dépense
« matérielle. Pour nous tous Bellilois, Dieu seul vous a
« sauvés, pour vous mille chances de mort, contre une de
« sauvetage; il vous a accordé celle-ci, il est juste qu'il
« soit remercié dans l'île témoin de cette faveur, et pour
« que cette prière monte avec plus de ferveur vers celui
« que tous invoquent, je vais prier M. le curé de Palais
« d'avoir la bonté de dire une messe d'action de grâce
« pour votre sauvetage et prier Dieu de veiller sur deux
« vies si précieuses à la patrie.

« J'aurais voulu connaître vos noms, mais Dieu n'a pas
« besoin pour savoir que c'est pour vous qu'on l'in-
« voque.

« Je vous demande la permission de joindre à cet acte
« le nom de mon fils Louis Martin, engagé volontaire à
« l'âge de dix-sept ans, au 10e régiment d'artillerie,
« 13e corps d'armée, actuellement sous les murs de Paris,
« que, nous l'espérons tous avec confiance, le brave gé-
« néral Trochu aura bientôt rendu libre, afin que deux
« hommes de cœur puissent rentrer dans la capitale libre.

« Vivez longtemps.

« Votre bien sincère et dévoué serviteur,

« Signé : LOUIS MARTIN. »

C'est ainsi que se termina ma mission de messager
aérien.

Je ne me crus pas quitte envers mon pays,
qui avait encore besoin du concours de tous ses enfants. Je me mis donc à la disposition du ministre
de la guerre, M. Gambetta, et, du 15 décembre jusqu'à l'armistice, je remplis auprès du gouvernement
de la Délégation les fonctions de courrier de cabinet
et fus chargé, à ce titre, de plusieurs missions, tant
à l'intérieur qu'à l'étranger.

Cette seconde partie de ma vie pendant la guerre
étant indépendante de ma course folle dans les cieux,
je m'arrête ici, et j'espère que, comprenant le senti-
ment de discrétion qui me guide, le lecteur m'en
saura gré.